Franklin en el museo

Este libro está dedicado con gratitud al
Royal Ontario Museum –P.B & B.C.

Franklin

Franklin is a trade mark of Kids Can Press Ltd.

Spanish translation copyright © 1999 by Lectorum Publications, Inc.

Originally published in English by Kids Can Press under the title

FRANKLIN'S CLASS TRIP

Text copyright © 1999 by P.B. Creations, Inc.

Illustrations copyright © 1999 by Brenda Clark Illustrator, Inc.

Interior illustrations prepared with the assistance of Shelley Southern.

1-880507-57-9

Printed in Hong Kong

10 9 8 7 6 5 4 3 2 1

Library of Congress Cataloging-in-Publication Data
Bourgeois, Paulette
    [Franklin's class trip.   Spanish]
    Franklin en el museo / por Paulette Bourgeois ; ilustrado
    por Brenda Clark; traducido por Alejandra López Varela.
        p. cm.
Summary: Once he realizes that the dinosaurs in the museum are not
alive, Franklin is able to enjoy his class visit there.
    ISBN 1-880507-57-9 (pbk.)
    [1. Museums–Fiction. 2. School field trips–Fiction.
    3.Dinosaurs–Fiction. 4. Spanish language materials.]
    I. Clark, Brenda, ill. II. López Varela, Alejandra.
    III. Title.

    [PZ73.B6444 1999]
    [E]–dc21
                                      99-34650
                                          CIP

Franklin en el museo

Por Paulette Bourgeois y Sharon Jennings
Illustrado por Brenda Clark
Traducido por Alejandra López Varela

Lectorum Publications, Inc.

FRANKLIN sabía contar de dos en dos y atarse los cordones de los zapatos. Ya había ido de excursión con su clase a la panadería, a la estación de bomberos y a la tienda de mascotas. Hoy iban a visitar el museo. Franklin estaba tan nervioso que casi no pudo terminar su desayuno.

La entrada del museo tenía muchos escalones
y unas puertas enormes.

—¡Es grandísimo! —dijo Franklin.

—Tiene que serlo —dijo Castor—. Ahí adentro
hay dinosaurios de verdad.

Castor ya había estado en el museo y lo conocía perfectamente.

—Hay unos dinosaurios gigantescos —dijo exagerando—. Son tan grandes, que desayunan árboles enteros.

Franklin ya no quiso saber qué comían los dinosaurios a la hora del almuerzo.

Franklin se sentó en los escalones del museo.

—¿Qué te pasa? —le preguntó Caracol.

—Castor dice que hay dinosaurios de verdad en el museo.

Caracol se sorprendió: —¿Estás seguro? —preguntó asustado.

Franklin asintió con la cabeza.

Tan pronto entraron en el museo, el señor
Búho les recordó que no debían correr ni gritar
y que debían permanecer siempre con el grupo.

—Señor Búho —dijo Castor—, hay una cosa más:
hay que tener cuidado con los dinosaurios.

Alce y Oso se echaron a reír.

Franklin, por el contrario, se puso muy serio
y se acercó al señor Búho.

Primero visitaron la sala de los murciélagos.
Estaba muy oscura. Se oían zumbidos
y chirridos en el aire.

—¿Qué es eso? —preguntó Franklin.

—Es el sonido que hacen los murciélagos
para encontrar el camino —le dijo Castor riendo.

Franklin se sintió aliviado al saber que se
trataba de murciélagos y no de dinosaurios.

A continuación, fueron a visitar la selva tropical.

Franklin trepó a una casita que había en lo alto de un árbol. Desde allí, podía ver las copas de los árboles.

—¿Ves algún dinosaurio? —le preguntó Caracol.

Franklin negó con la cabeza y bajó corriendo.

Había tantas cosas que hacer en el museo, que Franklin casi se olvidó de los dinosaurios.

En la sala medieval, Franklin se divirtió mucho disfrazándose de caballero.

Luego, Franklin tuvo la oportunidad de excavar en un foso de arena. Fue el primero en encontrar la punta de una flecha.

Se sintió como un verdadero arqueólogo.

—Todavía falta lo mejor —dijo Castor, mientras se sentaban en la cafetería.

—Sí —dijo Oso—. ¡El almuerzo!

El señor Búho sonrió: —Creo que Castor se refiere a la sala de los dinosaurios.

Franklin tragó saliva: —Estoy muy cansado. No quiero ver nada más. Me quedaré aquí un rato —murmuró.

—Yo también me quedo —dijo Caracol.

—Se les pasará el cansancio cuando vean los dinosaurios —dijo el señor Búho—. Terminen de comer y seguimos.

A regañadientes, Franklin y Caracol siguieron
unas huellas enormes por un pasillo largo y
frondoso.

De repente, se oyó un inmenso rugido. El suelo
tembló. Franklin también.

—¡Ayyy! —gritó Franklin al dar la vuelta a la esquina.

Tenía delante de él la enorme y huesuda boca de un *Tiranosaurio.*

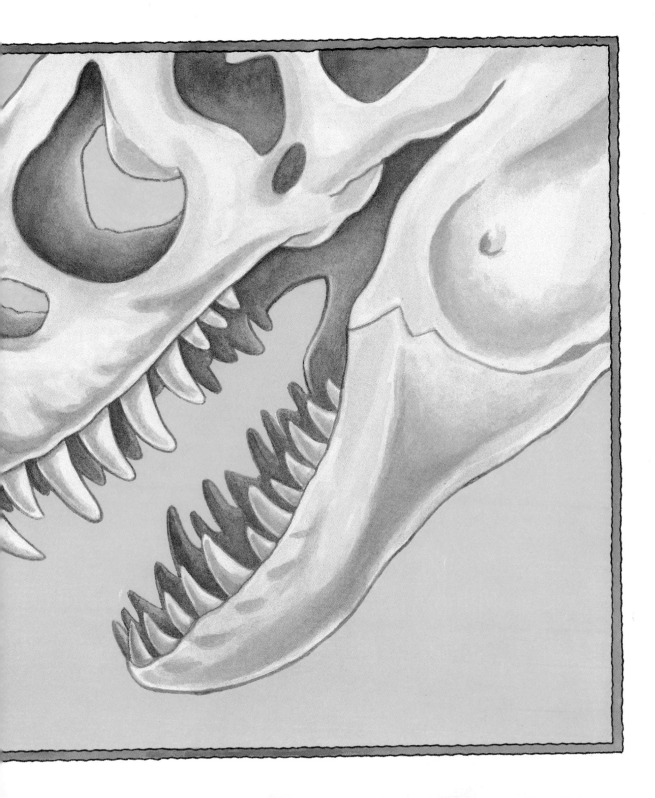

Franklin parpadeó un instante: —¡Son huesos de dinosaurio! Pero los dinosaurios no están vivos.

—¿Vivos? —dijo Castor riendo—. Por supuesto que no. Hace millones de años que no hay un dinosaurio vivo en la Tierra. Eres muy gracioso, Franklin.

—Así es —dijo Caracol.

Antes de marcharse, Franklin y sus amigos pasaron por la sala de Egipto.

—La próxima vez —dijo Castor—, tienes que visitar la tumba egipcia. Adentro hay una momia.

—¿Una momia de verdad? —le preguntó Franklin.

—Sí, y además, da mucho miedo —dijo Castor.

Pero Franklin no se asustó. La visita de la momia la dejarían para otro día.

Franklin se fue corriendo a su casa.
Estaba impaciente por contarle a su mamá
su aventura en el museo.